『青い馬』復刻版

解題・総目次・執筆者索引

目次

『青い馬』復刻版　収録一覧

奥付の表記を採用しました。
発行日は西暦年を併記して、アラビア数字で記しています。

誌名	号数	背の号数	発行日	編輯兼発行者	発行所
言葉	創刊號 表紙表記より		1930（昭和5）年11月1日	坂口安吾	「言葉」発行所
言葉	第二號		1931（昭和6）年1月1日	葛巻義敏	言葉発行所
青い馬	創刊號	創刊號	1931（昭和6）年5月1日	坂口安吾	岩波書店
青い馬	第一號 第二號の誤記	六月號	1931（昭和6）年6月1日	坂口安吾	岩波書店
青い馬	第三號	七月號	1931（昭和6）年7月3日	坂口安吾	岩波書店
青い馬	第四號	十月號	1931（昭和6）年9月20日	坂口安吾	岩波書店
青い馬	第五號	三月號	1932（昭和7）年3月3日	坂口安吾	岩波書店
別冊	解題・総目次・執筆者索引				

異才たちの饗宴

浅子逸男

1、『言葉』まで——アテネ・フランセの頃

『言葉』『青い馬』は、ともにアテネ・フランセに集った人たちによって発行された同人雑誌である。『言葉』第二号の編集後記に、

　新春二月号より本誌は岩波書店の手によつて発行されることになりました、誌名は全然変更するか或は第二期言葉として創刊されると思ひます。

とあるように、『青い馬』は『言葉』の後継誌である。
『言葉』創刊号の同人として名が記されているのは、

青山清松	長島萃	坂口安吾	脇田隼夫
江口清	根本鐘治	関義	山口修三
本多信	野田早苗	白旗武	山沢種樹
片岡十一	大澤比呂夫	高橋幸一	吉野利雄
葛巻義敏		若園清太郎	

である。創刊号の編輯兼発行人は坂口安吾で東京府荏原郡矢口町字安方一二七の自宅が表記されている。発行所は、江口清が「坂口安吾と外国文学」(『海』一九七二・八)で記しているとおり、坂口献吉の関係で新潟新聞支局二階である。

第二号の同人は、

青山清松	葛巻義敏	大澤比呂夫	山口修三
阪丈緒	長島萃	坂口安吾	山沢種樹
江口清	根本鐘治	関義	吉野利雄
本多信	野田早苗	若園清太郎	山田吉彦
片岡十一		脇田隼夫	

である。第二号の編輯兼発行人は葛巻義敏で、発行所は創刊号に記されていた地名と同じ場所だが、新潟新聞支局の名称が除かれている。若園清太郎の『わが坂口安吾』(一九七六・六、昭和出版)に「同人のなかで編集の仕事に精通していたのは葛巻と山沢で、雑誌づくり一切の経営・事務的才能をもっていたのは山沢と私の二人だけで、特に安吾などはそのような実務には全く無頓着だった」と記されている。

創刊号は関義の小説一篇と、他は翻訳のみで構成されていたが、第二号は翻訳の他に坂口安吾の「木枯の酒倉から」と本多信の「砂漠で」、片岡十一の「さんどりよんの唾」が掲載され、同人以外にも伊藤昇と太田忠が音楽についてのエッセイを載せている。

『言葉』、『青い馬』は、数ある同人雑誌のなかで目立っていたわけではない。坂口安吾の評価が高まり、初期のファルスを掲載していたため、昭和四〇年代から一部に気になる雑誌に数えられるようになった。しかし、モダニズム詩への関心が強まるにつれ、坂口安吾の出発点ということだけではなく、『青い馬』の果たしたより広い役割を解明しようという動きが出てきた。

江口清はアテネ・フランセに在学していた頃のことを次のように回想している。

若くして逝った長島アツムと三人で、デュアメルの「深夜の告白」の読書会をしたことなど、いまでは遠く懐しい思い出である。

わたしたち三人と、葛巻義敏をかこむ文学青年たちと、アテネで働いていた人たちが集って同人雑誌を出すことになった。誌名の『言葉』は、ラディゲの「肉体の悪魔」の中にある雑誌名からヒントを得た。

（「若き日の坂口安吾――「言葉」「青い馬」の頃――」『早稲田公論』昭和一九六五・六）

このように誌名の由来を明かしている。江口が言う「アテネで働いていた人たち」の一人である関義は、『言葉』の頃を「ペダンの夕べ」（『定本坂口安吾全集 第四巻』月報5号、一九六八・一〇）と題して記している。

まだ雑誌の題名はきまってはいない由だったが、もう同人となる連中はそろっていた。菱山修三、野田早苗、江口清、西田義郎、坂口安吾エトセトラである。この連中は、コット氏の教室で同級の顔なじみだったから、学生でありながら、すでに詩人として名をはせていた菱山修三にしても（略）。

関義は、葛巻に誘われて同人になったので、江口清の一文によれば同人の編成は整っていたころに入ったようである。

別格の同人とされるきだみのるも同じ月報に「坂口安吾のいたアテネ・フランセ」を載せている。

ひそひそしたメリメの訳者江口清、それから浪速出身で本屋を任されていた若園清太郎。そんな連中の間で同人雑誌を作る案が持ち上っていることをぼくは知った。その中に坂口安吾も加わっていた。ある夕方、彼はぼくに薄い同人誌をぼくに渡した。それが「青馬」だった。その中に彼の秀れた作品風博士が掲載されていた。

（『定本坂口安吾全集 第四巻』月報5号）

高橋幸一も「断片的回想」で、

私たちアテネ・フランセの仲間は、昭和五年から六年にかけて同人雑誌「言葉」とその後継誌「青い馬」を出したが、翻訳、小説、エッセイと毎号つづけて出したのは坂口安吾一人だった。

（『定本坂口安吾全集 第八巻』月報8号、一九六九・一〇）

と他の同人の言を裏付ける。このように雑誌が刊行される時点のことは同人の回想によって語られてきたが、関井光男が「アテネ・フランセと坂口安吾」（『文学界』二〇〇五・一〇）で、昭和三年（一九二八年）四月に安吾がアテネ・フランセに入学したことと同人雑誌に結集するきっかけとを明らかにした。それによれば、『日仏アテネ校友会会報・あてね』第一号（一九二九・一二）の校友会名簿に坂口安吾の氏名と昭和四年一一月現在の住所が記載されているという。

『言葉』の仲間が集まるきっかけも、この会報に記されている。関井の引用によると、昭和四年（一九二九年）

一〇月二五日に多賀羅亭で開かれた「第二回晩餐会」と、一一月三日に行われた片瀬江ノ島方面へのピクニックの参加者のなかに坂口安吾をはじめとする『言葉』『青い馬』の同人となるメンバーが名を連ねている。大原祐治も指摘している（「文学と音楽の交錯――出発期における坂口安吾」『千葉大学人文社会科学研究』第20号、二〇一〇・三）とおり、「暗い青春」（一九四七・六）に「アテネ・フランセの校友会で江ノ島だかへ旅行したことがある」というのがそのときのことと思われる。このときから親密につきあうようになり、同人雑誌を発行しようということになった。ピクニックの翌年には『言葉』を刊行している。

2、伊藤昇とエリック・サティ

大原祐治は関井光男が発掘したアテネ・フランセの会報から、昭和四年（一九二九年）四月に開催された「文芸・音楽・映画の会」に注目する。というのも「様々な領域の文化人ないしその卵たちが集った当時のアテネ・フランセに、ジャンル横断的な芸術への志向が雰囲気として共有されていた」（「文学と音楽の交錯」）ことがうかがえるからである。同人雑誌『言葉』には作曲家の伊藤昇や太田忠も執筆していることも大原は傍証としている。のちに『青い馬』に掲載された本多信の「戦線」には、伊藤昇が曲をつけているのだ。伊藤昇は伊藤能矛留の名で、

本多信の歌曲『戦線』は昭和六年春の同人雑誌『青い馬』に掲載されたものですが、作曲は昭和七年の四月に完成しました。この詩は初めて読んでから気に入り作曲するつもりで度々読み返し充分に案を練り遂に翌年作曲したものでした。

（「作曲をするまで」『音楽世界』一九三六・七）

と記している。『言葉』『青い馬』の同人は小説や詩あるいは翻訳などの文学ばかりでない、作曲家も加入していた。伊藤の「作曲をするまで」には、期せずしてサティの表記法への接近があったことが記されている。

一九二七年に作曲した歌曲『四つの港の唄』の第三章で小節の従線を部分的に撤廃し第四章では完全に縦線なしで歌とピアノとのアンサンブルを示しました。前に書いた『太陽に歌ふ』も三木露風の詩に附した『接吻の後に』も小節縦線なしで完全に演奏されて居ります。ピアノ曲の縦線を撤廃したエリツク・サテイの真似をした訳ではなく歌とピアノの二つ位のアンサンブルに余り変化を示す様なリズムを持つたものならばこの方が便利だと考へたからでした。

と、小節縦線なしで曲を書くというサティが行った方法を模倣ではなく試みている。伊藤のこの一文を読むと、サティへの親炙は安吾よりも強く、安吾は伊藤経由でサティに親しみ、コクトーの「エリック・サティ」に共感したように感じられる。

安吾の「エリック・サテイ（コクトオの訳及び補註）」に触れる前に、『言葉』と『青い馬』のイメージをつくってしまった「処女作前後の思ひ出」（一九四六・三）から、当該部分を引用したい。

アテネ・フランセの十四五人ぐらゐの文学愛好者が集つて「言葉」といふ飜訳を主にした同人雑誌をだしたのが昭和五年であつたと思ふ。私が編輯には当つたが、私自身がこの雑誌の発案者ではなかつた筈だ。

（略）

「言葉」は二号でただけで「青い馬」と改題し、岩波書店から発売することになつた。之は同人の葛巻義敏が芥川龍之介の甥で、芥川の死後は芥川家を代表して彼が専ら遺稿の出版に当つてをり、そのころは二十を一つか二つ過ぎたばかりの（或ひは二十の）若さであつたが、全責任を負ふて岩波の全集出版に当つてゐた。それで岩波も葛巻の申出を拒絶することができなかつたのであるが、この良心的な然し尊大な出版屋を屈服させた葛巻の我儘は私を驚愕せしめたものである。（略）

雑誌の編輯は芥川家の二階の寝室で、この寝室では芥川龍之介がガス管をくはへて死に損つたことがあるさうだが、そのガス管は床の間の下にまだ有つたし、部屋いつぱい青い絨氈をしきつめて、日当りは良かつたが陰鬱な部屋だつた。それは絨氈の色のせゐだ。この絨氈は芥川全集の表紙に貼つた青い布の余りを用ひたもので（僕の記憶がまちがつてゐなければ）だから死んだ芥川には直接関係のない絨氈だつた。

（略）

私はこの部屋でいくつかの飜訳をした。明日までに、やつて頂だいよ、雑誌ができないもの、と葛巻にせがまれて、大概一夜づゝで訳したものだが、シェイケビッチ夫人のプルウストに就てのクロッキといふ本も一夜で訳したし（本といつても有閑マダムの豪華本だから全訳して三十枚ぐらゐしかない）ヴァレリイのヴァリエテやジッドのオスカアワイルドの思ひ出、コクトオの音楽論だの誰だかのモンタージュ論だの、ずいぶん訳した。一夜の仕事で分らないところは抜かして辞書などひかずにやるのだから、出来上りは明快流麗、あの難渋のヴァレリイやコクトオが明快手軽に訳されてしまふのだつた。知らない人々は感心して小林秀雄までヴァリエテの訳をほめたけれども、分らぬところはみんな抜かして訳すのだから明快流麗は当然で、ほめられると大変苦しく困るのであつた。葛巻はそんなことゝは知らなかつた。

この安吾の言により、『言葉』『青い馬』はアテネ・フランセの仲間と出した同人雑誌で、芥川龍之介の書斎で編輯作業が行われたこと、同人雑誌であるにもかかわらず葛巻義敏の力で岩波書店から刊行できたことや、ヴァレリーやコクトーをかなり乱暴に翻訳したことなどが一般的に知られ通説となってしまった。そのことに

ついては当時の同人が修正している。葛巻は、

それ（『言葉』のこと—注記・引用者）が二号で変更して、岩波書店の手に移ったのは、全然坂口の書くところとは違って、私の持ちこんだ話ではなく、今日のきだ・みのる氏——ファーブルの翻訳者山田吉彦先生が、単独で岩波書店に最初持ち込まれた話だった。

（葛巻義敏「「木枯の酒倉から」——安吾死してすでに十年——」『早稲田公論』一九六五・六）

と述べ、芥川全集を盾にとって交渉したことを否定している。若園清太郎は『青い馬』を岩波書店から刊行させたのは、「葛巻に言わせると、これは坂口安吾の勘ちがいで、岩波に交渉して話をまとめたのは、きだみのるだ」と『わが坂口安吾』で語っている。葛巻から聞いたこととして述べているので、葛巻の記すことと同じになるのであろうが。

また、安吾は「辞書などひかずに」翻訳をしたと記しているが、江口清は「坂口安吾と外国文学」でコクトーの「エリック・サテイ（コクトオの訳及び補註）」の訳は丁寧であると述べている。

コクトー及び彼をめぐる前衛派に関する造詣については葛巻のほうが深かったが、葛巻は昭和四年四月に厚生閣から刊行された堀辰雄訳の『コクトー抄』の中で、この『エリック・サティ』を自ら訳したか、またはその翻訳に手を貸しており、であればこそ『言葉』創刊号の後記で坂口が、「・・・音楽に於て我々は初め世界中から唯一人エリック・サチイを選び、次号には葛巻の筆で之を推す筈だ」と断わったにも拘わらず、いったん単行本になった訳稿をまたまた自分の手で雑誌に発表するのはいやだったので、葛巻は坂口にやってもらったのだ。従って坂口にしても、前に葛巻の訳があるので、これだけは念入りにやらざ

るを得なかったわけで、じじつ堀訳と比べてみたら坂口訳のほうが良かった。

(「坂口安吾と外国文学」前掲)

と、江口清は安吾が翻訳することになった事情と翻訳のでき具合を記している。このことについても葛巻の証言がある。

この創刊号のコクトオの翻訳「サティ論」と、その補註との原書の全部は、当時の私の蒐めた全部であり、それを彼に依頼して訳してもらった。――と云うのは、それ以前に私も一部分を訳していた堀辰雄訳「コクトオ抄」が当時厚生閣と云う本屋から出ていて、その中にこの「エリック・サティ論」が入っていたからである。

(「「木枯の酒倉から」――安吾死してすでに十年――」前掲)

葛巻が所蔵する資料を安吾は補註として生かしたのである。花田俊典は堀訳と安吾訳を比較検討し、それぞれの訳文の違いから、「坂口安吾の訳文できわだっているのは、サティの意思(主体性)であり、軽快な悪態であり、辛辣な軽口である。坂口安吾の訳文のほうが、サティその人の言動が読者の眼前に立ち上がってくるように工夫されている」(『坂口安吾生成』二〇〇五・六、白地社)と分析し、堀が省略したところを安吾は略さずに訳したのは、「堀辰雄には無用(あるいは饒舌)に思われた箇所は、しかし坂口安吾には重要だった」と考察している。

同時代の人々のなかで、堀辰雄の訳がすでに出ているにもかかわらず、『青い馬』が刊行されるやいなや安吾の「エリツク・サテイ(コクトオの訳及び補註)」に反応したのは北園克衛であった。北園克衛は『紀伊國屋月報』(一九三一・五)の「四月に創刊された文学雑誌」で『青い馬』を挙げ、編輯担当として本多信、葛巻義敏、坂口安吾の名を記している。安吾訳の「我等の鳥類」が昭和六年（一九三一年）「L'esprit Nouveau」七月号に掲載されていることから、『青い馬』を読んで即刻依頼したのであろうか。さらに同年の『紀伊國屋月報』（一九三一・一〇）には、

我々はサテイの『簡潔さ』の教訓が必要であつた。三十本の輻は車輪を形造る。しかし車輪の用をなさしめるものは中軸の中の空洞な部分である。また壺は壺の空洞な部分によつてその効用を果す。そして部屋はまた空洞なる故をもつて部屋の用を果すのである。かやうに『存在するもの』は一つの利益であるけれど効用は常に『存在しないもの』によつて作られる。

と、安吾の「エリツク・サテイ（コクトオの訳及び補註）」から引用し、「坂口安吾氏訳による」と明記したうえで「新しい単純さ」を謳っている。だが北園の引用箇所は安吾の補註にあらわれる部分で、ジョルジュ・オーリックによる一文である。したがって堀辰雄の『コクトオ抄』（一九二九・四、厚生閣書店）には入っていない。こういったところから、北園は「エリック・サティ」の原著者であるコクトーではなく、堀辰雄でもなく、訳注を付けた安吾を高く評価したと考えられる。花田が比較対照した箇所ではないが、北園は堀訳ではなく安吾訳に刺激されたのである。もうひとつ堀訳と安吾訳の決定的な違いがある。「落伍者」という言葉は堀訳「エリック・サティ」には出てこない。花田俊典も「サティが「自称落伍者」（江口清）だったかどうか知らない。（略）すくなくともコクトオは、そうはいっていない」というとおり、コクトーの「エリック・サティ」の本文には存在しない。安吾はルイ・ラロアほかの注釈に用いた資料から「落伍者」という言葉を散りばめたのである。

聴衆がやうやく彼を理解し初めると、彼は忽然と、もう一歩先へ身を躍らせてしまふ。そして彼は生涯ほがらかに落伍者の生活をつゞけた。まだワグナア全盛の頃『サラバンド』や『ジムノペデイ』を書いてゐた彼は、已に落伍者だつた。

（「エリック・サテイ（コクトオの訳及び補註）」）

このように安吾が補註としてつけたルイ・ラロアの箇所に「落伍者」という言葉はあらわれる。さらに「ほがらかに落伍者の生活をつゞけた」という屈折した逆接表現は、同じ『青い馬』創刊号に載せた「ふるさとに寄する讃歌」（一九三一・五）に見られる。

私は生き生きと悲しもう。私は塋墳へ帰らなければならない。と。

「生き生きと悲しもう」というだけでなく、つづけて「塋墳へ帰らなければならない」という言い方を読むとき、同じくルイ・ラロアからの補註に出てくる「サテイは落伍者に逆もどりしてしまつた」と呼応してこないだろうか。さらに「エリック・サテイ（コクトオの訳及び補註）」には次のような表現がある。

ある日、『ペレアスとメリザンド』に矛盾すべく運命づけられた一つの傑作が、爆弾のやうに破裂した。その傑作は、爆弾の国からやつて来る。

かたや安吾の「ふるさとに寄する讃歌」には、

バクダンがバクダン自身を粉砕した。傍に男が、爽快な空に向つて煙草の火をつけた。

という箇所がある。この「バクダンが……」という一行は、「ふるさとに寄する讃歌」が収録された単行本『黒谷村』（一九三五・六）からは削除されてしまった。もしかしたらサティとの類縁性を避けるためであろうか。

村上護は「偉大なる落伍者　エリック・サティと坂口安吾」で、いちはやく安吾とサティに注目し、葛巻義敏から次のようなことを聞きだしている。

……二人で徹夜して『エリック・サティ』を訳したとき、そのなかにファルスが出てきたのです。そのファルスが気に入って、彼はサティの翻訳のあとで『風博士』を書いたのです。

（『ａｖ アールヴィヴァン 西武美術館ニュース』一九七七・六）

と葛巻義敏から聞いたことを紹介し、「風博士をサティの、蛸博士をドビュッシィの立場からイメージした」という見立てをしている。

村上の文章で重要なのは、「エリック・サティ」は葛巻と一緒に翻訳したということと、風博士と蛸博士をサティ、ドビュッシィの対比で解釈したことである。後半部分は唐突に見えるが、秋山邦晴がそれを補っている。秋山はコクトーの「雄鶏とアルルカン」から、

★サティのような人間の底知れぬオリジナリティは、若い音楽家たちに彼ら自身のオリジナリティを拋棄しなくてもいいという教訓をあたえてくれる。ワーグナーやストラヴィンスキー、それにドビュッシーも、みんなすぐれた蛸である。彼らに近づく者は、触手から逃がれるためにひと苦労する。サティは各人が自由に自分の足跡を残せる、白い道を示してくれる。

(『エリック・サティ覚え書』一九九〇・六、青土社)

という箇所を引用し、

そういえば、「風博士」では、風博士と蛸博士を登場させているが、蛸博士などというグロテスクなパーソナリティやイメージは、もしかしたら、前掲のコクトオの『雄鶏とアルルカン』のなかのサティ対ワグナー＝ドビュッシー的な蛸のイメージからの展開ではあるまいか。

(『エリック・サティ覚え書』同前)

と村上の見方を押しすすめている。村上護は『雄鶏とアルルカン』に触れていなかったため、文章の流れが理解しづらかったのだが、秋山が引用するコクトーの一文によって根拠が示された。ところが、安吾は「雄鶏とアルルカン」を翻訳していない。しかし葛巻から提供された資料には入っていたのであろう。村上護は葛巻から一緒に翻訳したことを聞いているが、葛巻の持っていたサティに関する資料までは書き残してくれなかった。堀辰雄の『コクトオ抄』には「雞とアルルカン」が収められているが、秋山が引用した部分は収録されていない。『堀辰雄全集 第五巻』(一九七八・三)の解題によれば、『コクトオ抄』では削除された箇所である。また佐藤朔訳の『コクトオ芸術論』(一九三〇・九、厚生閣書店)には掲出されている。削除された堀訳では、蛸の部分は「ワグネルとか、ストラヴィンスキイとか、或はドビュッシイでさへも、美しい蛸である。彼等に近づくものは彼等の触手から逃れることは出来ない」となっていて、その魅力に取りこまれてしまうような訳文になっている。しかもここではドビュッシーもワグナーと同列にあつかわれている。村上護が言うように、「雄鶏とアルルカン」をふまえて、サティとドビュッシーとの対立を「風博士」にこめたとすれば、コクトーの「エリック・サティ」と関連文献を翻訳していく過程で、安吾はドビュッシーから離れてサティにより親炙の度合を深めたと考えられる。葛巻が安吾と距離をおくようになったというのもうなづける。

後年安吾は、「二十七歳」（一九四七・三）で、ボードレールがポオを紹介するさいに、"X'ing a paragraph"や"Bon Bon"などを省いたことに抗議する意味で「風博士」のようなファルス作品を書いたと言っているが、じつは堀辰雄が「雄鶏とアルルカン」からこの部分を削除したことをほのめかしたようにも感じられる。もし蛸の出てくる箇所を堀が削除したことから安吾が「風博士」を書いたとすれば、あたかもオーリックの『存在しないもの』によつて作られる」という言葉から啓示を受けたことになる。

3、King of JAZZ

安吾は昭和六年（一九三一年）に葛巻義敏宛に手紙をしたためている。

今日はこれからキング・オブ・ヂャズを見ます。あれを見ておかないと、気が落ついて仕事ができないのですから、悪しからず。どうしても気が済まないので。

ここに出てくる"King of JAZZ"とは、ポール・ホワイトマンを中心とした映画で、日本では昭和六年一月に封切りされた。ホワイトマンはジョージ・ガーシュインのラプソディー・イン・ブルーを初演したバンドのリーダーで、この映画のなかでもラプソディー・イン・ブルーを演奏している。この曲について大井蛇津郎は、次のように記している。

グローフヱは一九一九年桑港でジヨン・タイツのオーケストラのピアノ弾きをしてゐた頃ポール・ホワイトマンと知合ふ仲となり、翌二〇年ホワイトマンのバンドの一員としてロスアンゼルスで働きはじめたが、以後グローフヱは、ホワイトマン楽団の編曲者としてダンス音楽としてのジヤズの編曲と楽器編成法の研究を重ねた。かくて『ラプソデイ・イン・ブルー』のオーケストレイシヨンに成功したのである、

（「亜米利加のシンフォニック・ジャズ作曲家を展望する」『音楽世界』一九三六・三）

安吾がジャズやサティに惹かれたのは、こういった動向が日本にも入ってきたことによる。だが、サティの影響ということで言えば、伊藤昇のほうが作曲家だけに具体的にあらわれている。「変つた音楽」という章題で、サティの特徴を次のように記している。

サティのピアノ楽譜上での特徴は楽譜の簡素な事、拍子線のない事及び楽譜の所々に彼独特の表情記号が書かれてゐる事であらう。

例へば『私は喋り続ける』、とか『両手をポッケトに入れて弾け』とか『故に私は聴く』とか多少奇矯に近い表情が加へられてゐる。

これ等の音楽は豪華なホールで燕尾服を着て演奏するよりも、コンフォルタブルなサロンでお茶でも呑み乍ら背広服の儘気楽に演奏したり聴いたりすればサティの精神を生かして実に効果的であると思ふ。

（「新音楽を展観する」『月刊楽譜』一九三三・一二）

こういった発想が伊藤昇と安吾とに共有されたのではないだろうか。伊藤はジャズについても次のような文章を『桜』の創刊号に寄せている。

ジャズのリズムはあらゆる理論を超越して種々の変化とその発展性とに富んでゐる。次の時代の芸術的音楽は『ジャズのリズムが支配する』であらう事は更めて説明する迄もない。亜米利加の一角にパール・ホワイトマンに拠って起されたアメリカ・ニグロの音楽が、近々十四五年の間に全世界を風靡したのでも如何に現代人の趣味に適応するかが窺はれやう。

（「新音楽の傾向」『桜』一九三三・五）

ここで伊藤もホワイトマンの名を挙げている。このように並べてみると安吾は伊藤昇から音楽について大きな刺激を受けていたと思われる。じっさい、安吾は伊藤昇宛に手紙を送っている。大原祐治が『坂口安吾　復興期の精神』（二〇一三・五）で紹介しているが、そこには、

芸術は、音楽も美術も結合して進むべきだといふ僕の信條は益々つのるばかりですが、自分一人の仕事にさへ追ひまくられて、思ふやう実行できぬのが残念な思ひです。
ゆとりがありさへすれば、オペラの台本にも全力を尽したい気持ちでおります。

（昭和八年五月二五日　伊藤昇宛て坂口安吾書簡）

と、先の仕事のことについても吐露し、「折がありましたら、又音楽の話をききに、参上したく思つてゐます」（同前）と記されている。

同じく作曲家である太田忠は『言葉』の第二号に、「作曲家は遂に、古池に蛙が飛び込んで、『ボチヤン』と

水音を書かねばならない」（「音楽の横顔」）と書いたところ、安吾は「ピエロ伝道者」（『青い馬』創刊号）で、「蛙飛び込む水の音を御存じ？」と応答している。これは太田が音楽における描写を風刺的に述べたことに対して、安吾が返したものであろう。「御存じ？」という問いかけは「風博士」につながっていくが、安吾が「FARCEに就て」（『青い馬』第五号）で触れているマルセル・アシャールの「ワタクシと遊んでくれませんか？」には次のような科白がある。

御存じない？　さうでせう？　しかし僕は知つてるんですよ。世の中の女がダイヤモンドを好むわけは、あの宝石が涙に似てゐるからといふことを御存じ？　御存じない、さうでせう！　しかし僕は知つてるんですよ。では、情知らずの冷たい女はさうでない女と同じやうに危険である、なぜなら雪は焰と同じやうに膚を燬くからといふことを御存じ？　御存じない、さうでせう？　しかし僕は知つてるんですよ。

このスタイルはジャズに見受けられる呼びかけと応答形式《コールアンドリスポンス》にも感じられる。アシャールの「ワタクシと遊んでくれませんか？」は第一書房の『近代劇全集 第二十三巻 仏蘭西篇』（一九二八・六）に収められているが、同じ全集の第一八巻（一九二七・六）には安吾がたびたび触れるルノルマンの「落伍者の群」が収録されているので、この全集を手に取った可能性は高いと思われる。

4、中原中也のこと

『言葉』『青い馬』の同人である関義が中原中也のアテネ時代のことを書き残している。

……一九二七・八年のころにしても、アルカイックにすぎる恰好で、アテネ・フランセの廊下に現われたときには、みんなは幾らかあっけにとられた。(略)
大ぜいの文学青年たちがアテネ・フランセに出入りしていた。坂口安吾、葛巻義敏、詩人の菱山修三、エトセトラが。こんな連中が集まって雑誌をこしらえた。〈言葉〉だ。これは二号でつぶれ、おなじ顔ぶれで岩波書店から、葛巻義敏の口ききで〈青い馬〉という雑誌にきり代った。まだ中原は仲間に加わらなかった。これも何号かでつぶれ、〈紀元〉にひきつがれた。同人も出たり、入ったりで、すっかり顔ぶれがちがってしまった。中原が〈紀元〉の同人になったのは、たぶん、このころだ。

(「アテネ・フランセのころ」『ユリイカ』一九五六・一一)

安吾がアテネ・フランセに入学したのは昭和三年(一九二八年)なので中也が在学していた可能性のある時期である。中也全集の年譜でも安吾の「二十七歳」でも両者の出会いを昭和七年(一九三二年)あたりとしているので、中也はすでにアテネには行かなくなっていたのだろうか。中也の昭和八年(一九三三年)七月二〇日付安原喜弘宛書簡に、

「紀元」に富永の這入ることすつかりみんなに了解を求めました。安吾も承知です。

(『新編中原中也全集 第五巻』二〇〇三・四)

と、安吾の名があらわれる。安吾は『紀元』の同人ではあったが、若園清太郎の回想によると中也が記すほど中心メンバーではなく、「同誌は経営もふくめた編集同人制をとり、この責任ある仕事は山沢種樹・隠岐和一・若園清太郎の三人が主として担当した」(『わが坂口安吾』)ということである。

この手紙の翌月、

> 明日（十九日）「こころ」での出版記念会には、（此の間ゐなかつた同人四五名と、）「青い馬」の連中といふのも四五名来る筈ですから、出席されればよいと思ひます。芥川の甥なぞも来るでせう。

という文面の書簡（昭和八年八月一八日）も安原に送っている。この出版記念会というのは、若園清太郎が翻訳したジャン・デボルドの『悲劇役者』（一九三三・七、金星堂）の「出版記念会か」と『新編中原中也全集第五巻』に記されている。若園は「悲劇役者」を『青い馬』の第二号から第四号まで訳出掲載し、第五号の編輯後記に、「若園清太郎君の飜訳「悲劇役者」は、全部「新女学《ママ》研究」に載つたため、中止としました」と記されているが、それが本にまとまったのである。この文面から中也は『青い馬』を大きく意識していたものと思われる。

安吾は牧野信一に見いだされたわけだが、北園克衛や中原中也などの詩人からも注目される存在であった。また、それは安吾だけではなく、『言葉』あるいは『青い馬』といった雑誌の同人の活動もあったからである。

葛巻義敏——アテネ・フランセの青い季——

庄司達也

△初め我々の方針はせめて初期の半年間位を訳九分創作一分の編輯で進む筈だつた。初号はとにかくこの方針で編輯したのだ。しかし次号からは前述の通り翻訳と作品とを五分五分に載せる。この形はここに暫く続く筈である。
△我々の最も重大な主張は、芸術は文学も美術も音楽も常に聯絡をとるべきだといふことだ。どの一つを単独に歩ませることも不可だ。そして我々は文学のみにならず美術にも音楽にも言ふべき数々のことを持つてゐる。已に初号のためにも山沢葛巻の音楽、片岡関の美術それぞれに集つてゐたのだ。

右は、『言葉』創刊号の「編輯後記」（無署名）からの抜粋である。同人らの指向している世界の有り様は、文中にある「我々の最も重大な主張は、芸術は文学も美術も音楽も常に聯絡をとるべきだといふことだ。どの一つを単独に歩ませることも不可だ。そして我々は文学のみにならず美術にも音楽にも言ふべき数々のことを持つてゐる。」と云う点に明らかで、これらの言葉が彼らの主張であると同時に彼らの紐帯となっていることを先ずは確認しておきたい。と、云うのも、『言葉』、或いは『青い馬』の同人には文学のみならず、音楽や映画、演劇に対する関心を強くする面々が加わっているからでもあり、彼らが出会った「アテネ・フランセ」がさまざまな因子を結合させ化学反応を起こさせる当時にあってもまた稀有な場であった事にもよる（1）。

1、アテネ・フランセ

アテネ・フランセは、東京帝国大学で教壇に立っていたジョセフ・コットが大正二年（一九一三年）に東京外国語学校内でフランス文学の講義を行ったことを学校設立の初めとする。『言葉』の同人たちが学んでいた当時は、神田橋脇の和強楽堂や小川町の基督教青年会館、一ッ橋の借家など幾度かの移転を経た後で、神田三崎町に在った(2)。その記事の中に各種学校の紹介を載せた『小学生全集第八十四巻　世の中への道』（一九二九、興文社・文藝春秋社）には、次のように紹介されている。

アテネ・フランセ

位置　東京市神田区三崎町三ノ一。

目的　「アテネ・フランセ」は其の学生に仏語初歩より文学、史学、哲学に亘る深遠なる教養に至る各種程度の仏蘭西学の知識を開発するを以て目的とし、同時に仏語の補助語学として「ギリシヤ」「ラテン」の両語を併せ教授す。

学科及び修業年限　初等科、予備科（各六ヶ月）中等科（一カ年）高等科（三カ年）。

入学資格　中学校第四学年修了程度、男女の如何を問はず。

学費　入学金二円、月謝三円。

同校では、「仏語」をはじめとして、文学や史学、哲学など「教養」と呼びうる「仏蘭西学」を教授する事を大きな目的として掲げていた事が知られる。それらは、入学金二円と月謝三円で提供されていたのである。ちなみに、同書では、例えば、「神田区表神保町」にあったドイツ語を教授する「独逸語学会」の入学金を一円、授業料を四円として紹介し、「麹町飯田町」の「暁星中学校」にあった「仏蘭西語専修学校」の入学金を二円、授業料を「初級各科三円、中級と上級各四円」と記載している。この事からみれば、アテネ・フランセが徴収する学費が取り立てて高額であったとも廉価であったとも云う事は出来ない、標準的な金額であったようである。また、紹介記事の最後にわざわざ「男女の如何を問はず」と掲げている処から、校内には、恐らくは、集う者たちが「自由」と呼ぶような空気が感ぜられ、ヨーロッパの文化を体現させる緩やかな風が吹いていたのだろう。このような文言からも、アテネ・フランセの自由な校風の有り様が推察されるのである。

この事は教室に於ける授業以外の形を取っても進められたようである。昭和四年（一九三九年）に発足した同校の校友会組織が、在校生と卒業生との橋渡しを積極的に行っていた様子は、『日仏アテネ校友会会報あてね』第一号の記事中にも確認される。筆名「T・B」による「集会記事」には、「校友会の仕事の一つとして現在、及び過去に於ての同窓の方々の親睦をはかる為」に「晩餐会」を催すとあり、その第一回を六月二日に東京駅ホテルで持ったと記している。できるだけ交流が進むようにと、席は予め決めておくのではなく、その日に抽選で決めるという事だ。このような点にも、工夫が凝らされている事に気づかされる。なお、その日の出席者には、『言葉』同人である葛巻義敏、根本鐘治の名も見られるのだが、一〇月二五日に神田小川町の多賀羅亭で催された「第二回晩餐会」には、葛巻、根本の二人に加え、江口清、長島萃、坂口安吾、若園清太郎らも出席している。第二回の当夜には、この秋に予定されている「ピクニック」についても協議されたが、その後の記述からは、『言葉』の同人たちも多くこの「ピクニック」に参加した事が知られるのである。

2、『言葉』の刊行

『言葉』、『青い馬』の同人たちが学んでいた昭和初年当時のアテネ・フランセの雰囲気は、その一人であった若園清太郎が『わが坂口安吾』（一九七六、昭和出版）で次のように綴っている。

アテネ・フランセは男女共学で、リベラリズムに徹した気楽な校風だったから、生徒も千差万別だった。大学教授がいるかと思うと、会社員もおり、新聞人、画家、実業家、外交官、文学青年、大学生も入り混り、女性の方は有閑夫人、外交官夫人、閨秀画家、女子大生、仏英和女学校生、双葉女学校生、津田英学塾生、文化学院生、その他、花嫁前の教養のためにフランス語を勉強する若い女性たち……など色とりどりだった。

ここには、関井光男が「学校の教育そのものが自由な精神と高度な知識を自発的に学ぶことを目的としてフランス語、ラテン語、西洋文明史など順を追って自由に学習し、表現と想像のリテラシーの養成を実践した」（「アテネ・フランセと安吾」『文学界』二〇〇五・一〇）と評したような、開かれた雰囲気があり、ヨーロッパの文化、とりわけフランスの文化を学ぼうとするさまざまな階層の者たちを広く受け入れる場として十全に機能していた事が容易に想像されるのである(3)。その中にあって、『言葉』の同人たちは、ここに流れる自由な空気を吸い、この勝れて恵まれた環境の中で自らと同じ方面に関心を強くする仲間たちと出会い、その熱く激しい思いの発露として、分野横断的な雑誌を起ち上げる事になったのだろう。

創刊号の奥付には、「編輯兼発行人　坂口安吾」とある。しかしながら、前掲の若園『わが坂口安吾』には、「同人のなかで編集の仕事に精通していたのは葛巻と山沢で、雑誌づくり一切の経営・事務的才能をもっていたのは山沢と私の二人だけで、特に安吾などはそのような実務には全く無頓着だった」とある。このことから、実質的な編集の実務は葛巻義敏と山沢種樹が担っていたと考えられる。しかしながら、『言葉』の発行所を安吾の兄献吉の関わる京橋にあった「新潟新聞支局」の二階に置いた事からも、安吾のこの雑誌に掛ける思いの強さは十分に理解されるだろう(4)。第二号では「編輯兼発行人　葛巻義敏」と代わってはいるが、発行所の住所は、創刊号と同じままである。

ところで、本稿の冒頭に掲げた「編輯後記」にもあるように、『言葉』の創刊号は、古代の異郷を舞台とした「東洋人」の「僕」が語り手である幻想小説めいた関義の創作「ヘルクラノムの悲劇」の他は、小説、エッセイ、シナリオ、詩、評論などさまざまなジャンルに亘ってはいるが全てが翻訳作品で構成されている。この翻訳を中心とした方向性は、「最近文学の傾向は各人が各様に一曲あることをのみ言はんとして、いきほひ奇矯に走り芸術の正しい姿は何処にも求めて之を見出し得ぬ如き有様を呈した」(「編輯後記」)という同人たちの状況認識から出発しているのだと云う。次代の文学を担い、新たな世界を切り拓こうとする若々しい彼らの姿がそこには認められるのだ。しかしながら、そのあたりの事情について若園『わが坂口安吾』(前掲書)は、編集は合議制であったが中野重治や窪川鶴次郎、堀辰雄などと交際していた「文学的早熟児」の葛巻義敏が主導したと云い、「まだ文学がよく解らぬのに、皆が小説を書くのは邪道である、という葛巻の正論には従わざるを得なかった」と記す。「目次」には翻訳者としてその名は記載されていないが、葛巻もまた、創刊号にフランス人作曲家のダリウス・ミヨーの「「ル・ランパール・ダテエーヌ」批評の自由訳」として「ヸエルメエヌ・タイユフエルの一音楽に就て」(「目次」では「タイユフエルの一音楽」)を訳出したと見られている。それは、末尾に「(ダリュス・ミロオ、K・Y訳)」とあるからだ。

右に見た通り、『言葉』創刊号に於いては、葛巻の発言がその編集方針に強く影響していたと云うべきなのだろう。そして、次の第二号では、前述の通り、「編輯兼発行人」として奥付に葛巻の名が記される事になる。

3、葛巻義敏と現代仏蘭西音楽

葛巻義敏は、創刊号では短い訳出ではあったが、作曲家ダリウス・ミヨーを選んでいた。ミヨーは、一八九二年にフランスのプロヴァンスで生まれた。一八九二年とは日本では明治二五年にあたり、葛巻にとっては、叔父芥川龍之介と同年の生まれの作曲家と云う事になる。明治四二年（一九〇九年）生まれの葛巻や明治三九年（一九〇六年）生まれの坂口安吾にとっては、やや年長の芸術家と呼ぶべき存在であったろう。ミヨーの活躍の初まりを告げたのは一九二〇年代に入ってからと云って良いだろうから、『言葉』創刊時に既に彼らがその視界のうちに捉えていたと云う事は、ほぼリアルタイムでこれら世界の先端にある音楽を受容していたと云う事になる。葛巻らがどのような経路でミヨーや他の作曲家らを知ったかは詳らかではないが、これらもまた、アテネ・フランセという場が互いの知識の交換を促している処から、ここでこそ得られた「仏蘭西学」の「教養」の一つなのだと捉えるのが自然だろう(5)。

ここで、本稿の主眼である葛巻義敏の存在に注目してみたい。『青い馬』の創刊号に坂口安吾によって訳出されたジャン・コクトーの「エリック・サティ」に関わる資料の提供が葛巻から為されたという事や、それ以前に行われた同批評の堀辰雄による訳出『コクトオ抄』（一九二九、厚生閣書店）にも葛巻が深く関わっていたという事実から推して、葛巻のフランス現代音楽に対する知識の豊かさ、その資料収集力の有り様には、十分に注目すべき処がある(6)。

そもそも、葛巻義敏は、『言葉』創刊号の「編輯後記」に、「已に初号のためにも山沢葛巻の音楽、片岡関の美術それぞれの原稿が集つてゐたのだ」と書かれ、さらに続けて「△しかし少なくとも我々の論説は、その最初に於ては各分野それぞれ最も本質的な主張を述べた方がいいと思つた。たとへば音楽に於て我々初め世界中から唯一人エリツクサチイを選び次号には葛巻の筆で之を推す筈だ。この為に初号の音楽美術は一時的に割愛した」とも綴られている。同人の間でも葛巻のフランス音楽への傾倒は十分に認知され注目されるものであっただろう。またこれは蛇足だが、既に岩波書店から出版された『芥川龍之介全集』の編集に関わった事で、或いは書籍の購入などにあてる小遣いなどに困る事はそれ程には無かったのかも知れない。いずれ、同人間での葛巻の存在は皆から一目も二目も置かれるものであった事は容易に想像される。坂口安吾はその遺作「青い絨毯」（一九五五・四『中央公論』）の中で、「葛巻は文学的名門に生育した人であるから、自分が編輯にたずさはる以上くだらぬ原稿はのせられぬといふ誇りを放すことができぬ」と綴り、また、「葛巻の主張の方に多くの道理があつたのだらう。なぜなら僕らの原稿が下らないといふ彼の説は正しかつたし、彼の野心に邪心は少ない。といふのは、彼は有名な文士になりたいなどとは考へず、良い雑誌をだしたいといふことを専一に考へていた」と書き残している。

しかしながら、である。葛巻は寡作に過ぎた、とは云えないだろうか。彼の創作は『青い馬』創刊号（一九三一・五）に「一人（断片）」を載せる以前に中野重治らの『驢馬』に寄稿したと云っても、それは「僕の憂鬱（断片）」（第一一号、一九二八・二）の一篇のみであり、その後に堀辰雄から堀自身が編輯に携わった『四季』に寄稿するようにと声を掛けられて発表した「断片・夢」（一九三三・五）が認められるばかりである(7)。「良い雑誌をだしたいといふことを専一に考へていた」という葛巻の文学青年としての業績は、甚だ淋しいものであったと云う事は許されるように思われる。また、創刊号の「編輯後記」で予告されていた葛巻のサティ論は次号には掲載されず、『青い馬』全五冊の誌上でも発表される事は無かった。結果として、『青い馬』創刊号に坂口安吾によるジャン・コクトーの「エリック・サテイ（訳及補註）」が訳出、掲載されているのである。この時の「補註」部分の資料が葛巻の提供に拠るのだと云う事は既に述べた。この事からも、葛巻にも何らかの形でエリック・サティを論じる用意のあった事は認めて良いように思われるが、稿者が、全く異なる視点からの葛巻とサティ、或いは『言葉』、『青い馬』の同人たちを含んだ形でのフランス音楽の受容の形について、大いに関心を持っていることを次に述べたい。

4、葛巻義敏とSPレコード

実は、葛巻が寄寓していた、そして『言葉』や『青い馬』の編集作業を行っていた田端の芥川家には蓄音機があり、幾枚かのSPレコードが残されていたと云う。ここで、敢えて「残されていた」と記すのは、これらが葛巻の叔父の芥川龍之介の遺品だと一般に伝えられているからである。

芥川龍之介の遺児の比呂志と也寸志の二人は、幼い頃に父自裁後の書斎で蓄音機を使いSpレコードを聴いた事を、繰り返し述べている(8)。

兄貴はどういう方法でぼくに影響を与えたかというと、わが家に蓄音機とレコードがあった。ビクトローラーという蓄音機で、発条を回して下のラッパが出てくる。

不思議なんですけれども、レコードをよく覚えているんです。モーツァルトの「魔笛の序曲」とショパンの変ホ長調の夜想曲と、それからブルンスウイック・レコードでシュトラウスの「サロメの踊り」。それが昔のSPレコードで一枚ずつあった。あと残りがストラヴィンスキーだったんですよね。ストラヴィンスキーの「ペトルーシュカ」と「火の鳥」。

芥川龍之介の三男也寸志の言に拠れば、芥川家は当時もっとも一般に普及していた蓄音機の一つであるビクトローラと幾枚かのSPレコードを所蔵していたらしい。長男の比呂志も加わった座談会では、これらのレコードについて更に詳しく述べていて、「ストラヴィンスキイのは、ドイツ・ポリドールのレコードなんです。

ペトルシュカを自分でやったものでコロンビア、それからドイツ・ポリドールの「火の鳥」、あとはブランスィックのレコードが三，四枚あったんです」。「ショパンとかヨハン・シュトラウスとか。とにかく「火の鳥」と「ペトルシュカ」が全曲あったんです」とある(9)。また、龍之介の姪で長男比呂志と結婚した芥川瑠璃子の『影燈籠――芥川家の人々』（一九九一、人文書院）には、「兄弟仲でいえば、比呂志は長男で、少し超然としたところがあったが、多加志と也寸志は家にいても大抵一緒でよく話したり、古い蓄音機でストラヴィンスキーの『火の鳥』などかけてさわいでいた。レコードはこの他、プーランク、サティ、ドビュッシイなどがあり、比呂志も前述したコクトーのレコードをかけていた」とある。また、瑠璃子の『青春のかたみ　芥川三兄弟』（一九九三、文藝春秋）にも同様の記述がある。

しかしながら、である。也寸志自身が、「いろんな人に聞いてみたけれど…よくわからないが、おやじが聴いたんだろうと思う」とも述べていて、龍之介が所蔵し聴いていたとされるレコードが果たして龍之介自身が求めて聴いていたものであるのかは、疑わしくなってくる。さらにこの「疑い」を深めるのが、「とにかく「火の鳥」と「ペトルシュカ」が全曲あったんです」という回想の言葉自身にある。と云うのは、「ペトルシュカを自分でやったものでコロンビア」との言に従えば、この条件に見合うレコード＝ストラヴィンスキーが自ら指揮したコロンビアのレコードは、龍之介の死後に録音された音源が使用されているもの、すなわち「L二一七三／五」の番号の一曲で録音日が昭和三年（一九二八年）六月二七日、二八日の二日間にわたるものであった可能性が高い。この一曲が龍之介の没後のものであったとするならば、当然の事ながら、このレコード・コレクションの所有者を龍之介とする事への疑いは深まらざるを得ない。確かに、芥川の作品に限らず書簡などでも、蓄音機やＳＰレコード所有の記述は確認されておらず、比呂志や也寸志、そして瑠璃子らの証言によって語られてきた「事実」なのである(10)。

稿者としては、このコレクションの所蔵者こそ葛巻義敏その人であったのではないか、という仮説を提起してみたいのだ。坂口安吾が前出の「補註」の中で「▽エリック・サテイのレコード」として「ジムノペディ　一番」、「私はお前を求める」（二種類）、「三つのメロディ」、「調子を整えた三つの小曲」の四曲（五種）のレコードの紹介を行っているが、その末尾に「後の二つを私はきいていない」と綴っている。この一節は、「後の二つ」を安吾が聴いていない、という事実を伝えるものであるが、それと同時に、前の三つは聴いた、という事実を伝えるものでもある。芥川家にあったサティのレコードの曲名が何であったかは詳らかにされてはいないので断定的な表現は避けねばならないが、当時の葛巻の経済的な状況やサティ論を執筆しようとしていた事から、或いはフランス音楽全般への理解と傾倒の度合いから、この仮説を唱えてみたい。そして、坂口安吾が「この曲は、日本では三潴牧子夫人によつて一九二七年五月十四日に初演された。日本で演奏されたただ一つのサテイ歌謡曲。アンリイ・パコリの詩を作曲した初期の作品である。（中略）僕達この雑誌の同人数名は、サテイを紹介するために昨年末三潴夫人を訪れてこの曲をうたつていただいた。その夜更けて辞し去る途次、ひどく興奮してゐたことを思ひ出す」（前出「エリック・サテイ（訳及補註）」の訳注部分「▽エリック・サティのレコード」中の『私はお前を求める』（Je te veus）仏グラモフオン」の項目）と綴った文章に彼らがフランス音楽の受容に傾けた情熱の所在を認める立場からも、ストラヴィンスキーやプーランク、サティ、ドビュッシー、さらにはコクトーなどの名が見られる芥川家所蔵のSPレコードたちが、実は葛巻義敏が所有したSPレコード・コレクションであったという可能性を、本稿の最後に読者諸氏と共に考えてみたいのである。

（1）大原祐治「文学と音楽の交錯――出発期における坂口安吾」（千葉大学『人文社会学研究』第20号）に、一九二八年に同校に入学した坂口安吾が「学生たちの中に満ちていたジャンル横断的な芸術志向の空気を吸いながら、狭義の「文学」に限定されないような新しい芸術のあり方を模索していた」とする指摘がある。この認識は、『言葉』同人の皆に重ねることが出来るだろう。アテネ・フランセでは、映画会、音楽会、クリスマス会、ピクニックとさまざまな催しを開き、学生たちの交流と西洋の文化に触れさせる機会を設けた。なお、本稿に於けるアテネ・フランセに関する記述については、右の大原論及び同氏より多くのご教示を得た事をお断りしておく。

（2）同校の所在地の変遷については、無署名の「アテネ・フランセの歩みし道」（『日仏アテネ校友会会報あてね』第一号、一九二九・一二。以下、『会報アテネ』と略記）に詳しい。

（3）ちなみに、前注に掲げた『会報あてね』には、「日仏アテネ校友会会員名簿」が掲載されており、住所と共に職業なども記載されていた。そこには、若園の回想の通り、「会社員」、「写真士」、「京都帝大助教授」、「医学博士」、「官吏」、「侯爵」、「新交響楽団楽員」などとあり、さまざまな人々が同校に集っていた事が知られるのである。

（4）若園『わが坂口安吾』（前掲）には、「「編集兼発行者は同人が合議した結果、安吾が引き受けた」とある。

（5）大原祐治「文学と音楽の交錯」（前掲）は、「その翻訳の対象として、オネゲル、ミヨー、タイユフェールといった同時代のフランスにおける若き作曲家グループ「六人組」が記した文章、あるいはこれらの作曲家に関する評論が選ばれていることは、この雑誌が標準的な文芸雑誌とは言い難いものであるという印象を与える」とし、同人には加わっていないが、新進作曲家であった伊藤昇や太田忠らが関わった事が重要であると指摘する。

（6）花田俊典「坂口安吾の翻訳――「エリック・サティ（コクトオの訳及補註）」の位相――」（『国文学解釈と鑑賞別冊　坂口安吾と日本文化』一九九九・九）に、既に指摘があるのだが、葛巻は「この創刊号のコクトオの翻訳「サティ論」とその補註との原書の全部は、当時の私の蒐めた全部であり、それを彼に依頼して訳してもらった」と「「木枯の酒倉から」――安吾死してすでに十年」（『早稲田公論』一九六五・四）で回想しており、江口清「坂口安吾と外国文学」（『海』一九七二・八）にも同様の証言がある。

（7）櫟原直樹編「葛巻義敏編著作目録」（『藤沢市文書館紀要』二〇、一九九七・三）を参照。なお、『四季』を編集中の堀辰雄は葛巻宛書簡の中で、「原稿を一日も早く欲しい　もう大ぶ集まつた　創刊号には君は是非書かなくちやいかん　君なんかが書かなくちや僕が骨を折つて雑誌をやる意義がないんだ」（一九三三・四・一三付）と綴る。葛巻はこの書簡の堀の言葉に答え「断片・夢」を寄稿した。また、堀は『青い馬』に載せた葛巻の「一人（断片）」についても、「君は一つの真実を求めることにあまりに忠実だつたために、君の作品を一つの自伝にしてしまつたね。それは決して悪いことぢやない。だが、そのためだらうと思ふが、作品全体がすこしlourdな感じがするな。もうすこし、小説としては、legerでる必要があるね」（一九三一・五・五付）との評を与えている。ちなみに、「僕の憂鬱」について、菊地弘「葛巻義敏」（『芥川龍之介事典』一九八五、明治書院）は「堀風な抒情的な作品である」と評している。

（8）「芥川也寸志、芥川也寸志を語る　未公開対談」（『芥川也寸志　その芸術と行動』一九九〇・六、東京新聞出版局。「きき手・秋山　邦晴」）

（9）中島健蔵、芥川比呂志、芥川也寸志「芸術家父子」（一九五四・一二『文藝臨時増刊号』）

（10）拙稿「芥川家に残されたレコードのことなど」（『芥川龍之介研究年誌』二〇一〇・九）で、ここで云う「疑い」について詳しく論じた。

交差する青春 ——詩と詩人からみる『青い馬』——

宮崎真素美

我々の最も重大な主張は、芸術は文学も美術も音楽も常に連絡をとるべきだといふことだ。どの一つを単調に歩ませることも不可だ。

1、『青い馬』の命名

『言葉』創刊号の「編輯後記」で語られた「最も重大な主張」は、『青い馬』へも継がれたが、この主張と誌名の関係は気になる。同人のひとり江口清は、「誌名の『言葉』は、ラディゲの「肉体の悪魔」の中にある雑誌名からヒントを得た。」(「若き日の坂口安吾——「言葉」「青い馬」の頃——」一九六五・六、『早稲田公論』)、『青い馬』という名をつけたのは、いまベルギーに赴任している本多信で、表紙の字も彼の手になつたものだ。」(「『青い馬』のことなど」一九五五・九、『中央公論』)と証言しているが、『青い馬』の方は命名の由来も定かでなく、不思議な誌名である。

『青い馬』の命名者とされている本多信は、編集の中心メンバーであったようであり、その名は、『詩と詩論』、『オルフェオン』、『セルパン』、『文学』といった当時のモダニズム系詩誌をふくむ雑誌に、詩人として見ることができる。本多の来歴について現在もっとも詳細をきわめていると思われる「坂口安吾デジタルミュージアム」(公益財団法人 新潟市芸術文化振興財団)内の「本多信」の項(七北数人「坂口安吾年譜・詳細版Ⅰ人名録」http://ango-museum.jp/info/archives/ar_biography.html)には、次のようにある。

詩人。小説家。画家。本名は信寿。／『言葉』『青い馬』を通して、編集の中心メンバーの一人であった。特に『青い馬』第3号からは江口とともに編集の主幹となる。全号に執筆があり、小説、詩、文芸評、演劇評、翻訳、エッセイなど縦横無尽の活躍をした。／1931年5月、長谷川巳之吉編集発行の詩誌『セルパン』に、堀口大學、室生犀星、萩原朔太郎、田中冬二、深田久彌、蔵原伸二郎、野口米次郎、竹中郁、青柳瑞穂らに混じって詩「夜の歌」を発表。その後、大蔵省会計課に勤務。／1937年、東京日日新聞社と大阪毎日新聞社が共同で軍歌「進軍の歌」の歌詞を懸賞募集した折、これに応募して1等当選。陸軍戸山学校軍楽隊の作曲・演奏でコロムビアからレコード発売され、60万枚を超えるヒットになった。（中略）この後、霧島昇の「納税愛国の歌」や「納税小唄」などの作詞も担当。／後年には画家としてパリのサロン・ドートンヌに出品され、1972年春、東京で個展を開き人気を博したという。

「詩人。小説家。画家。」とされ、軍歌の作詞でも名を馳せた本多は、冒頭に引いた、「芸術は文学も美術も音楽も常に連絡をとるべき」とした彼らの「最も重大な主張」を体現していた人物のひとりと言える。後述するように、両誌に音楽論を寄稿していた作曲家伊藤昇との「連絡」もある。

さて、『青い馬』の誌名について、本多の詩人としての側面から追ってみると、その命名に細くつながりそうなことがらに当たる。まず、左川ちかの同題の詩篇「青い馬」（一九三〇・八、『白紙』No.10初出、一九三〇・一二、『越佐詩歌集』再出、一九三一・六、『詩と詩論』第十二冊再々出）の存在である。左川は同時期、江間章子と並んで北園克衛の評価を受け、北園の『白紙』や『MADAME BLANCHE』をはじめ、『詩と詩論』、『文学』、『椎の木』といったモダニズム系詩誌で活躍していた詩人であり、本多とは、『詩と詩論』、『文学』などの誌上で接点がある。また、左川の「青い馬」が再々録された『詩と詩論』第十二冊（一九三一・六）巻末には、「address／アドレス」なるコーナーが設けられており、三百名弱の人名と住所とが五十音順に掲載されていて、左川はむろん、茅野蕭々や萩原朔太郎といった人々とともに、『青い馬』関係者では、葛巻義敏、白旗武、菱山修三、富士原清一、本多信の名が見られる。「はじめ短いbio-bibliography」を掲載する予定が、誌面の都合で「アドレスだけ」になったとし、その人選については、「最近の芸術派の文学雑誌の執筆者の全般に亘つたもので、それに外国文学の研究者の名を加へた。しかし、いままでには曾てなかつた充実したものであることは言を俟たないであらう。」（同誌「That's rock／雑録」）とあり、本多らが『詩と詩論』文化圏の域内にいたことはここからも知られる。

　左川の詩篇「青い馬」は、『青い馬』創刊（一九三一・五）をはさんで前掲のとおり三度発表されている。わずかな詩句とレイアウトに異同が見られるが、ここでは、『青い馬』創刊前に発表された二篇のうち、読みやすいレイアウトを持つ再出形（一九三〇・一二、『越佐詩歌集』越佐詩人協会）を示しておきたい。

馬は山をかけ下りて発狂した
その日から彼女は青い食物をたべる
夏は女達の目や袖を青く染める
と街の広場で楽しく廻転する
テラスのお客達はあんなにレ《（ママ）》ガレットを吸ふので
ブリキのやうな空は女の頭の落書がいくつも残る
悲しい記憶は手巾のやうに捨てやうと思ふ
恋や悔恨やエナメルの靴を忘れる事が出来たら
私は二階から飛び下りないで済んだのだ

海が天にあがる

この『越佐詩歌集』掲載本文発見の経緯は、本集編輯委員を依頼された北園克衛を媒介とした掲載事情とあわせて、小野夕馥「夏の夜のU氏の憂鬱」(二〇一四・四、『Anthologica』)に詳しい。小野はまた、「或る回想」(二〇一三・九、市立小樽文学館編『左川ちか展』)において、左川の詩集ではじめて詩篇「青い馬」に出会った折の感覚を、「暫し呆然と佇立した」、「衝撃的邂逅」、「何度も活字を掬い揚げるように目を凝らして読んだ」と、時を経てもなお冷めぬ熱量で述懐している。「青い馬」は、狂気と女とをユーモラスに勢いよく高下させて接続した、不可思議な清新さを放っている。北園をはじめ、当時の周辺詩人たちにもインパクトを与えた作品であっただろう。北園が自身の『白紙』のみならず、新潟の『越佐詩歌集』にも推したであろうこと、さらには、当代の代表的モダニズム詩誌『詩と詩論』に掲載されたことが、その証左と言える。

また、『詩と詩論』誌上で笹沢美明が訳載し、村野四郎の『体操詩集』成立に影響を持つドイツ新即物主義の詩人リンゲルナッツ、彼と同世代の画家に、ドイツ表現派のフランツ・マルクがいる。カンディンスキーと『青騎士』を創刊したことで知られる彼は、「青い馬」を表題とする連作を描いている。『詩と詩論』等で直接に扱われた形跡は無いものの、同誌を創刊した春山行夫が名古屋で発行していた詩誌の誌名が『青騎士』であったところから、彼らモダニズム詩人の近くで意識されていた可能性を考えてみてもよいかも知れない。『青い馬』の命名者とされる本多信の周囲では、こうした「青い馬」たちが息づいていた。

2、『青い馬』の詩人たち

本多の本誌における創作活動を見てみよう。『言葉』ではマックス・ジャコブの翻訳詩(一号)や自身の創作詩（二号）を寄せているが、『青い馬』掲載の作品が印象的である。翻訳詩ではエリュアールを主としている（二、四号）が、気になるのはピエール・ルヴェルディのものである。「出発」、「光り」（一号）がそれにあたり、ルヴェルディの翻訳によって得た語彙が、本多の創作に影響を与えているようなところがある。ルヴェルディによる、「心臓《こころ》が籠の中で踊る／小鳥が歌ふ／それもやがて死ぬだらう」（「出発」）、「しばたたく瞼の間に輝る小さな汚点」、「光りに傷いた手」、「そしてカアテンが落ちる、夜のなかですべてを包み隠してしまふカアテンが」（「光り」）といった詩句と雰囲気が、同号掲載の本多の小品「青年」のなかに差し挟まれた詩句「心臓を秋のしぐれが叩く」、「誰かゞ僕の瞳の中でマッチを擦る」や、二号に掲載された小品「悲歌」中の詩句「僕の小鳥は死にかけてゐる」、「蒼ざめたふるさとの手」、「海の上に夜が落ちる」との共鳴を感じさせる。

一方、これらをふくむ二つの小品は対照的な世界観を呈してもいる。「青年」は、失恋をテーマとしながら稲垣足穂を彷彿とするフラグメント手法で、都会や花の造形に満ち、牧野信一のいわゆるギリシャ牧野時代の「山彦の町」の末尾を挿入するなど、開放的で華やかな作風を持っている。他方の「悲歌」は、左傾の嫌疑による失職が底流し、「青年」における跳ね上がるようなスタイルとは異なり、押し込められるような雰囲気を描出している。

これらに加えて、小品「レアの瞳」（五号）は、夢幻的な様相の濃いシュルレアリスティックな作風を持つ。月光のなか、「レア」の吠声を「私」が追いかけ遭遇したのは、レアの「玉虫色の瞳」、「不思議なレアの瞳」。そして、「髪ふり乱した一人の騎乗の青年」の前を、「白衣につつまれ羚羊のやうな足をもつた、この世ならぬ美女」が「両手を高くあげ救ひをもとめながら逃げてゆく」「奇怪な光景」に出くわすも、彼らは睦まじく語り合いもする。それを見た私が、「娘の瞳」を「レアの瞳」であると気づいた途端、「私の声は次第にかすれ弱まりいつか私をつゝむ霧のやうな哀愁の奥ふかく、私は小石のやうに沈んでいつてしまつた」と結ばれる。聴覚と視覚とが眩惑的に混交されているこの世界を、津村信夫「「新科学的文藝」と「青い馬」」（一九三二・四、『四人』第三号）は、「これは月光の生んだファンタジイである、ポエジイである。この人の見つめて居る世界は、あの、月光の下に吠える獣の瞳の内部である。玉虫色の瞳の内部である。羚羊のやうな足をした美女と、それを追ふ騎馬の青年の登場は、あまりに非現実的ではあるが、月光の魔術はかう云ふファンタジイを生むものとしてうなづける。」と評した。

「レアの瞳」は、『言葉』二号に掲載された、関義訳のアポリネール「青い眼」（僧院の少女たちが「青い眼」に見つめられていると感じ、「彼」とも呼ばれるその眼のために彼女たちが身繕いに熱心になると、やがて眼は消えてゆくという小品）から想を得ている可能性や、本多自身が『青い馬』四号に訳載しているエリュアールの詩篇「他の人たち」の末尾のフレーズ、「そして私を凝視める、蛇に魅入られた人の瞳で又は踊り子に魅せられた人の瞳の中に。」などの流れ込んでいる可能性があるかも知れない。先の二作品（「青年」「悲歌」）とともに、誌上では本多によるさまざまの試みを見ることができ、後述するように、それは詩篇においても同様である。

もうひとりの重要な詩人菱山修三は、詩集『懸崖』（一九三一・一、第一書房）を出版し、すでに成熟を見せている。『青い馬』一号には、「菱山修三は叡智と宿命の詩人だ」とする本多の『懸崖』評（「詩集『懸崖』」）があり、続く二号には、『懸崖』収録詩篇四篇（「物の本」「夕鳥」「しらせ」「一隅」）が掲載されている。さらに菱山は、五号に、「この人を見よ――堀辰雄と梶井基次郎――」を寄せているのだが、このたびの復刻原本では、ここに興味深い書き込みのなされていることが、原本架蔵者浅子逸男によって見出された。このことは、菱山における『青い馬』の役割や位置づけを考える上で意味を持つものと思われる。

書き込みは菱山の筆跡によく似ており、誤字訂正から末尾の脱稿日と推測される日付や文章の補足まで、掲載本文全一二頁のうち、六頁に施されている。次に掲げたのが、その書き込み箇所のすべてである。

人はよく自分の夢を信じるといひます。これはいはゞ一種の坊主主義的口吻に過ぎまいといふ人もあるでせうが、一概にさう輕蔑出來ない一個の事情があります。この場合、おそらく夢とは自己の自己への反照であり、自己の內部に於ける物の造型でせう。すると、夢とは自己自身の確證です。この確證を信じるのに何の不思議もありません、從つて、自分の夢を信じることの當不當は問はるべき性質のものではありません。ここに、自分の夢を信じるといふことから、自己を孤立化すか、孤立化さないかといふことになつて始めて、當不當の問題が起るのです。たゞ現實の作家の經驗に就いてみれば、自分の夢の過剩から、自己の存在の頑な約束から、多く人は他から自らを孤立化して了ふのではないでせうか。「作家の夢は個體的な夢であるほかはない。」といふのはおよそこの事情を語るものです。だから、このとき、最も重要な戒愼は正直であることではないでせうか。自分の夢を信じると共に、それにもまして自分の夢を正直に語ることが作家にとつて大切な心掛けではないでせうか。私はここでことさらに僧侶的な格率を引き出さうとは思ひません。又、作家の基本的な、宿命的な覺悟とはかかるものだと斷定を急がうとも思ひません。たゞ私はここで二人の作家、堀辰雄と梶井基次郎に觸れたいのです。

この二人の作家、堀辰雄と梶井基次郎とは共にまさしく小市民的作家です。この二作家の文學はいはゞ現代知識階級文學の双璧だといへませう。

私は最近堀辰雄の「恢復期」を讀みました。近來これ程感服した小說を私は知りません。わくわくしながら、三遍も讀み返しました。堀辰雄には、今までに「ルウベンスの僞畫」「聖家族」といふ二つのたいへん立派な作品があります。これらの作品にもまして「恢復期」は私には氣に入りました。堀辰雄の他の多くの作品には餘りに屢々ジャン・コクトオ、レモン・ラデイゲ、フイリツプ・スウポオ、ギヨウム・アポリネル等の近代佛蘭西作ました。堀辰雄は如何にしてこれを書き上げたのでせうか。作家にとつて「何を書くか」といふことは「如何に書くか」といふことと一つです。「何故書くか」に至つては「如何に書くか」のなかに潜んでゐる筈です。「何故書くか」が「如何に書くか」から遊離してあらはに表面に浮ぶならば、この種の反省は作家の危機以外の事情を指しません。從つて、私共の考察の日程に上るのは「如何に書くか」といふことでせう。ここで堀辰雄の構成の仕方に就いて、最も性格的なものに觸れることにしませう。堀辰雄は「恢復期」に於いて、意識の運動の最も弱い極限からその最も強い極限へかけてその周期毎に、その意識面に上る對象を、無類の注意力を持つて刻明に寫してゐます。制作の支配的意識は一轉し、再轉して、時と處とに應じて、素材はそれぞれあるべき布置と配合とを與へられてゐます。特に第一部に於いては短い行間に、主人公の數々の危機が少しも緊密性を失ふことなく描寫されてゐます。一つ一つの素材はまさしく實體を持つて迫つて來ます。水底の岩に落ち着く木の葉、それにも似た文脈の淸冽な緩徐調を讀者は餘すところなく享受することが出來ます。何といふ結晶化した文章であらう！　私は確信を持つてさういひ切ることが出來ます。

すぐれた作家は作家としての確信を持ちえたその當初から、一介のモラリストとしての、人性批評家としての矜持を具備します。私のみるところ、堀辰雄がこの矜持を備へる資格を持つたのは「聖家族」以後のことだらうと思ひます。「恢復期」「聖家族」以前の作品はいはゞこれらの作品を生むための手習ひに過ぎなかつたやうに思はれます。別言すれば、以前の作品を生産してゐた時期は未だ素描の時期だつたのです。堀辰雄は大人になりました。「聖家族」に表れ出したモラリスト堀辰雄は「恢復期」を俟つてそのモラルを全面に漲らせて來ました。

堀辰雄は大人になりました。しかしそれにも拘はらず、その作品の持つアンファンタンな、子供らしい性格は望するにしては私の資質は幸か不幸か魯鈍に出來上つてゐました。しかし、寂寞を極めた獨房のなかに起居してゐる梶井基次郎の、眞摯な、謂ふところの眞顏に面接したとき、思はず額を下げずには居られませんでした。「君は個性のレアリテに達した。」と溫かな友情に溢れていつた三好達治の言葉は百人の饒舌にもまして、梶井基次郎の面目を語るものだと私は思ひました。

最近になつて、梶井基次郎は「のんきな患者」といふ一篇の小説を世に問ひました。私はこれをまだ二遍きり讀んでゐません。讀みながら、私ははらはらしたり、急に微笑を感じ出したりしました。かつて三好達治と對坐してゐたとき、私が手もとにあつたマルセル・アルランの小説を覗き見してゐると、三好が比類のない、美しい笑ひました。愕いてみると、三好はきちんと坐つたまま梶井基次郎の名品「交尾」を讀み耽つてゐるのです。私はこれを「神の笑」だと思ひました。私も亦、「のんきな患者」を讀みながら、「神の笑」を笑つた譯でせうか。こんなとき、私は沁々と小説は面白いものだと思ひます。正宗白鳥はやはり「小説は面白いものだ」としきりにいつてゐるさうです。しかし、白鳥の鹽を吹いた梅干しのやうな顏にこんな「神の笑」を讀むことが出來るでせうか。私にはさうは思はれません。「小説が面白い」なぞといへるのは、一つの作品を透して、いはゞ無の底を割つた魂と魂とが相觸れ合ふときにのみいへる言葉です。その外の場合ならば、その言葉は譫言に過ぎません。だから、洗つていへば、素手で、卒直な心を持つて作品に向ふ人のみが作品から至樂を享受することが出來るのです。そしてこの素直な心を持つといふことがおそらくむづかしいことなのです。「むづかしいことのみが私の心を惹く。」といつたポオル・ヴアレリイの言葉の裏にはこの種の至樂を享受したい、この種の神域に達しなければならないといふ強い心情が潜んでゐるやうに私には思はれます。

ん。しかも現在、重い病褥のなかにありながら、梶井の眼はなほ飽くことを知らないもののやうに耀いてをります。梶井が純粋に感性的作家であると共に、意欲的な作家だといはれるのはひとへにその理由を、ここに持ちます。ここに至つて、私は梶井基次郎に就いてその最も性格的なものに觸れ得たと思ひます。しかし、さらに、先に擧げた「のんきな患者」の第三の部分の、構成の上の一つの秘密に觸れたいと思ひます。ここで私は、マルセル・プルウストに觸れるのが正しいのではないかと思ふのです。昨年の盛夏、淀野隆三はプルウストの「失はれしときを索めて」の第一部「スワン家の方」を譯し上げて、一冊の書物として世に送りました。これはたいへん見事な飜譯だと私は感服しましたが、このプルウストから、梶井基次郎は意識的にか無意識的にか既に攝取すべき核心的なものを攝取してゐるのです。これは梶井のすさまじい理解力の一端を語るにふさはしい事實でせう。いつたい、「のんきな患者」では、ボオドレエルの耽美とフロオベルの清澄とプルウストの優雅とが、——これは斷じて誇張ではありません——その全體の清冽な文脈の基調をなしてゐます。第三の部分に於いて、その最も結晶化した文章に接することが出來ます。しかも、この部分に於ける、確實性に滿ちた回想の描寫は、數々の無類の挿話によつて綴られてゐます。ここで思はず私はプルウストの伎倆を想起するのです。プルウストは永年の痼疾に惱みながら、その病室に閉ぢ籠つて、大部の「失はれしときを索めて」を物しました。大戰以後の佛蘭西文學の榮光を語るのに、均しく、期せずしてマラルメの門から出たポオル・ヴアレリイ、アンドレ・ジイドと共にマルセル・プルウストの擧げられるのはひとへにこの「失はれしときを索めて」の存在に依るものです。しかしこれはひとり佛蘭西の市民的小説の頂點であるばかりではなく、おそらく世界の市民的小説の頂點でありませう。「感性肥大性」のプルウストの後にプルウストがないとは、屢々大學教授諸賢の歎息するところです。梶井が、よしこの名作の一部であるにせよ、これを逸することの出來なかつたのは極めて自然でせう。梶井はおそらくプルウストの作品が、廣い領土と長い時間とを持つ記憶といふ未見の土臺の上に立つてゐるのをたやすく讀んだでせう。梶井はプルウストの涯しない記憶への沈潜、その映像の無類の點検、强烈な感覺の直接觀念への結合等の諸性格を、從來の構成の仕方に取り入れ現實を再構成することによつて、回想描寫の確實性をえたのではないかと思ふのです。第三の部分の持つこの性格によつて、「のんきな患者」が「冬の日」「冬の蠅」以後の梶井の著しい發展を讀むことが出來ると私は思ひます。

　ここに私はまた梶井基次郎の宿命的缺陷に就いて語らねばならないのを殘念に思ひます。梶井の文學のなかには所謂近代社會はなく、梶井がすぐれた寫實的作家であるにも拘はらず、手工業的作家に止まつてゐる點です。しかし、若し、梶井が健康でありえたならば、よしこれ程の純粹性はないにしても、質的には無類の社會的作家であるゾラ、バルザツクを凌ぎえたかもしれません。そして文學の革命に參與するばかりでなく、現實の政治的革命にも參與しえたかもしれません。こんな推論を續けるならば私は、自らの暗愚をいつそうあらはに晒すこととなるでせう。

　以上、私は「この人を見よ」と主として堀辰雄と梶井基次郎とに就いて極めて粗雜な語り方をしました。けふこの頃、この邦のジャナリストの作家評判記は無數の新進作家を擧げるでせう。しかし、私のみるところ、その大部分の人々は粗製品、半製品、未成品、模造品ばかりです。のみならず、如何に多くの政治的俗物が公然と横行してゐることでせう。即ち私が「この人を見よ」を世の若くして文學に志す人々に呈する所以です。

　私の爭友である一人の女人はかつて、「船はいま潮來《いたこ》のあたり雨のなか」といふ句を作つて私に示しました。

この句はまた私のけふの心持ちを語るのにふさはしいものでせう。私もそろそろ本氣で仕事をしなければないません。即ち「この人を見よ」をまた自身に突き返す所以です。

解題者による調査の結果、この書き込み本文が、『小説』二輯（特別号）（一九三二・五、芝書店）再掲の同題本文と、ほぼ一致することが判明した（『堀辰雄全集 第十巻 堀辰雄案内』（一九六五・一二、角川書店）は、『小説』再掲本文のうち、堀に関する一部を抜粋収録）。両誌の奥付を根拠にすれば、初出の『青い馬』五号（一九三二・三）からほどなく手入れがされて、『小説』に再掲されたと考えられる。そうだとすれば、菱山にとって『青い馬』は、自身のフレッシュな考察をまずは掲載してゆける場であったと受けとめられ、同時に、五号の復刻原本が菱山の架蔵本であった可能性も浮上する。しかしながら、両誌における実際の刊行時期や書き込みの主の確定には余地がある。以上のことから、ここではこれらを推測に留めておきたい。

ほか、同誌の詩人たちにおいて目を引くのが、「病」や「肉体」の描出である。坂口安吾が「暗い青春」（一九四七・六、『潮流』）で述べているように、彼ら同人には早世がつきまとっていた。安吾によってふれられている根本鐘治、脇田隼夫、長島萃のうち、脇田隼夫についていては『青い馬』四号で追悼がなされている。『言葉』一号に掲載された脇田の未完の翻訳（ヴァレリー「スタンダール論」）を再掲し、大澤比呂夫「脇田隼夫君の逝去」、若園清太郎「脇田君の死」、本多信「脇田隼夫」が、その早世を惜しむ。青春期一般の傷みやすさのみに回収されない、現実の病や死が彼らの周辺には充満していた。

ルヴェルディの影響が看取できそうな先掲の本多の詩篇もそのなかに位置する。三号には、安吾「暗い青春」に登場している根本鐘治の、「(病床にて)」と末尾に付された詩篇四篇（「こがらし」「みみなり」「盗汗」「不眠症」）が掲載されている。肺を病む胸から聞こえる「こがらし」の音は「私の胸に残された冬」、「凍てついた太陽はやがて吹き落され、鈍い赤色の塊となつて吐き出されるであらう」（「こがらし」）と痛々しく、他の三詩篇においても病はさまざまに比喩され、リアリティを以て描出されている。

脇田の追悼がなされた四号を挟んで、五号にはそれが特徴的にあらわれる。江口清の訳によるイヴァン・ゴル「イヴァンよりクレイルに」では、「なんとおまへは美しいのでしやう！／／おまへの血管の赤い木のなかに／わたしの夢の鳥がとまつてゐます／そしておまへの大動脈は／宿命のもつとも大きい河です／おまへの肺は両翼をひろげた鷲です／おまへの心臓の彎曲した湖の上を／遣瀬ないおもひの小舟が通ります／底知れぬふかみへ姿を映してゐます／／なによりも美しい／おまへの頭よ！／つまくれないに彩られた菊の花が／推骨の茎の上に立つてゐます」といった肉体解剖的な賛歌が奏でられ、鵜殿新一「宿弾」は、「鬱蒼とした私の自体に、季節のかぼそい風を含んで疼く（何か記憶の傷のやうに）疼く点が動てゐた。」として、自己の内側、「僕の中の僕」に「狙れ」、「今冬の風を孕んで激しく、今私の胸は疼きだした。」と閉じられる。そして、西田義郎「夢を掠める」においては、「煙が僕の血管の中を硬直して通るとき」、「死の冷さが血管の壁を敲く」、「脈管は不眠の廻廊」、「肉体は夢を奪はれて横たはる」と、不眠を描き、同じく西田「讃歌（芸術への）」では、「心臓を背後まで突抜しシンポニキ」、「心臓からシセンパンが花火を上る」と、「生命」を謳歌するようでいて、最後には、「アッ！僕達は墓石の下にゐる」と結ばれる。

こうした肉体と病の描出は、彼らに先立つ堀辰雄の詩篇「病」（一九二八・三、『山繭』初出、一九二九・六、『詩と詩論』再出、一九三〇・七、『不器用な天使』改造社収録）に見られる、「僕の骨にとまつてゐる／小鳥よ　肺結核よ／／おまへが嘴で突つくから／僕の痰には血がまじる／／おまへが羽ばたくと／僕は咳をする／／おまへを眠らせるために／僕は吸入器をかけよう」といった手法に通ずるものがあり、のちにあらわれる荒地派の詩人、三好豊一郎の『囚人』（一九四九・二、岩谷書店）における肉体解剖的な手法とフレーズにも、同様の要素を指摘することができる。

3、詩と音楽

冒頭で述べたとおり、「芸術は文学も美術も音楽も常に連絡をとるべき」とされた、「音楽」との「連絡」についても、本多信を要に見ることができる。これも述べたように、本多はのちに軍歌「進軍の歌」の大ヒット作詞者となるのだが、『青い馬』には、それとは対照的な歌いぶりで戦《いくさ》を描いた詩篇があらわれている。三号に掲載された「戦線」がそれである。「海底」、「戦線」、「深淵」の三詩篇で構成されており、エリュアールや、菱山の『懸崖』の世界をなぞるような、静謐な作風の二詩篇のあいだに置かれている。


照明弾が花火のやうに窓にあがる、灰色に暮れた戦線に雨がしとしと降つてゐる。

戦友よ、戦友よ、
涸れ疲れた私の声が針のやうに潰滅の曠野に消える、雨が私を濡らす、私の胸に血汐が流れる、暗い夜の戦線に私はたゞ一人、見失つた戦友の名を呼んでゐる。

よろめく私の足もとに横はるのは、私の戦友の屍《しかばね》ではないのか、爆撃に崩れた会堂の十字架ではないのか、だが私の手は、私の瞳は、私の耳は、すでに凄じい弾丸の下に倒れてゐる。

野営の灯は何処だ！　太陽は何処だ！

ぐしよ濡れの戦線をさまよひながら、私の足はなほも動いてゐる、あの北方の星に向つて。


この詩篇に作曲をしたのが、『言葉』と『青い馬』それぞれに一篇ずつ音楽論を寄せている伊藤昇である。『青い馬』一号に安吾が訳載した、コクトーのサティ論に関する伊藤の影響にふれた論に、大原祐治「モダニズムからの訣別――坂口安吾と同時代芸術――」（二〇一一・三、『千葉大学人文研究』）、「文学と音楽の交錯――出発期における坂口安吾」（二〇一〇・三、『千葉大学人文社会科学研究』）、秋山邦晴『エリック・サティ覚え書』（一九九〇・六、青土社）があり、さらに、秋山『昭和の作曲家たち　太平洋戦争と音楽』（二〇〇三・四、みすず書房）では、伊藤の全体が照らされている。伊藤はトロンボーン奏者であり、前衛音楽を志向したラディカルな作曲家としての顔を主とし、「奥良介」、「伊藤能矛留」の別名も持つ。

伊藤が本多の詩に作曲した歌曲「戦線」は、『月刊楽譜』（一九三二・一〇）に附録楽譜として「作曲者の言葉／歌曲『戦線』に就いて」とともに掲載、その後、『世界音楽全集 第三十九巻 日本新歌曲集』（一九三三・一、春秋社）に収録されている。本書に収められているのは、三〇人の作曲家の作品九二曲、万葉集から本多信までの詩歌を題材としている。伊藤の作品は、萩原朔太郎「題のない歌」、安西冬衛「騎兵」、そして本多の「戦線」の三曲であり、巻末の「詞歌と作曲者の言葉」（先掲『月刊楽譜』「歌曲『戦線』に就いて」に、若干の文言を付加）で、「戦線」について次のように述べている。

「此の歌は同じ戦争の歌でも勇ましい突撃の歌ではない。詩の示す如くしとしとと雨の降り続く灰色の戦線に見失つた戦友を尋ねる兵士の淋しい歌だ。此のセンチメンタリズムは勇壮な戦地に必ずあり得る處の悲哀の半面だ。そしてこれは何日の戦争にも、何処の戦線にもある風景である。／この詩は明らかに世界大戦に於ける西部の戦線あたりを歌つたものであるが、欧州の戦線での外国の兵士にも、また満洲の戦線に於ける吾が国の兵士にも起こり得る事だと思はれる。／私は此の曲を作曲するに当つて特に勇ましい戦地に於ける淋しい、物悲しい半面を描く事に努力したつもりであるが、これが充分に表現されれば幸である。／此の詩は昭和六年七月号の『青い馬』に掲載されたもので、作曲は本年六月の三日から十五日に至つて完成され、友人下八川圭祐氏に贈られたものである。」

本多の詩篇の持つ雰囲気に極力寄り添おうとの心持ちが表明されているが、では、本歌曲集の編者である箕作秋吉は、伊藤と歌曲「戦線」をどのように捉えているのか、巻末の「紹介と感想」を見てみたい。まず、伊藤については冒頭から、「作曲界の惑星」、「作品に非常にむらのある人」と述べ、収録した朔太郎の「題のない歌」については、「氏の歌曲中最上のもの」と評価しながらも、それは伊藤の作風と朔太郎の詩風が「非常に良くカツプルして居る為」とする。そして、「戦線」については、これまで「大衆性」を持たなかった伊藤が、

「大衆に接近せんとする努力が認められる」ものだが、そのためか「オリヂナルな香りは幾分薄くなつた様」だと分析する。伊藤のこれまでの曲は、「作曲家にとつて興味深いもの」であったが、今後どのように「発展」してゆくかが「興味ある問題」であり、「惑星が何時かは彗星とならん事を希望する」と結ばれている。

箕作の文章は、伊藤の同時代評として重要である。異端児扱いで辛口の評を浴びせてはいるが、箕作の弟子であり、箕作との作風の似通いを指摘されている鯨井孝と並んで、紹介文中もっとも多く筆が割かれていることからも、注目のほどがうかがえる。「あの評判の良い「黄昏の単調」」との評価もなされており、伊藤が、東宝P・C・L管弦楽団の映画音楽監督、次いで専属作曲家として夥しい映画音楽の作曲を手がけてゆく時期とも重なっている。

『言葉』や『青い馬』の誌上における伊藤の関心は、「原始」と「ラグ」に向けられている。「Musiqueに関する断片」(『言葉』二号)では、音楽にも文学と同じくさまざまな種類があり、そのなかには「芸術的価値の低いもの」もあるとして、超絶技巧のパガニーニを「一箇の奇術師であつたに過ぎない」とし、オネガーの標題楽は「現実曝露」、対するラヴェルは「純芸術的」であり、標題楽であっても「芸術的気品」を持ち、ミロオの「多調」は賞賛を博したが、実際に創作をしてみると不便極まりなく、「無調」が「現代以後の音楽を征服するであらう」と予感する。そして、さまざまの「行詰まり」に対して、「『すべての芸術は、赤裸々の原始に覆へれ』」と結んでいる。「らぐ・むじいく」(『青い馬』四号)では、その可能性を「ジャズの前身」である「ラグのリズム」に見出している。当代のモダニズム詩人たちが、「原始」への志向を抱いたのと軌を一にしているようで興味深い。

伊藤はかつて、山田耕筰指揮の日本交響楽団トロンボーン奏者として、山田に作曲を師事していた。ちなみに、その山田と東京音楽学校で同期であった本居長世の三女と結婚し、本居雷章を自身の名としたのは、先掲の詩人菱山修三である。芸術の諸分野におけるさまざまの連関と縁とが、その後も交錯しているような彼らの世界であった。

＊左川ちか周辺資料について、立命館大学人文科学研究所客員研究員島田龍氏より懇切な教示を受けた。記して謝辞としたい。

『言葉』『青い馬』総目次

【凡例】

ジャンル、タイトル、執筆者名、掲載ページは、本文の表記を採用しました。
但し、ページ番号の記載がない箇所は＊で表わします。
広告内容と白ページは省略しています。
旧字体は新字体に改めています。
補足した文字は、二重丸括弧《 》を付して表示しています。
タイトルを併記する場合には間に／を入れています。
発行年月日は、原則として奥付の表記を採り、西暦を併記しました。
発行年月日と掲載ページはアラビア数字で統一しています。
明らかな誤植と思われる箇所は、直後に［ ］を付して補足しました。

『言葉』 創刊号 昭和5年（1930年）11月1日発行

『言葉』 第二号 昭和6年（1931年）1月1日発行

『青い馬』第三号　昭和6年（1931年）7月3日発行

『青い馬』第四号　昭和6年（1931年）9月20日発行

『青い馬』第五号　昭和7年（1932年）3月3日発行

た

な

は

ま

や

ら

わ

その他

『言葉』『青い馬』執筆者索引

【凡例】

執筆者の姓の五十音順に配列しています。
記載内容の順番は次のとおりです。
　執筆者名　誌名の略記　号数（丸付き数字）掲載ページ
　※誌名の略記　『言葉』＝K　『青い馬』＝A
原則として原本どおりの表記を心がけました。但し、次の場合を除きます。
　旧字体は新字体に改めています。
　号数と掲載ページは、アラビア数字で記しました。創刊号は①としています。
　広告は省略しました。

著者紹介

浅子逸男（あさご いつお）

1951年、東京都に生まれる。

1979年、東京都立大学大学院人文科学研究科修士課程修了。

都立高校教諭、花園大学専任講師、助教授を経て、現在、花園大学特任教授。

著書　『坂口安吾私論――虚空に舞う花――』（単著）（有精堂出版、1985年5月）
　　　『大衆と『キング』』（編著）（ゆまに書房、2011年9月）
　　　『半七捕物帳初出版集成』（編著）（三人社、2017-2018年）
　　　『御用！「半七捕物帳」』（単著）（鼎書房、2019年5月）など

庄司達也（しょうじ たつや）

1961年、東京都に生まれる。

1991年、東海大学大学院文学研究科博士課程満期退学。

東京成徳大学人文学部教授を経て、現在、横浜市立大学学術院国際総合科学群教授。

著書　『改造社のメディア戦略』（編著）（双文社出版、2013年12月）
　　　『芥川龍之介ハンドブック』（編著）（鼎書房、2015年4月）

論文　「芥川龍之介「羅生門」の「下人」――大塚保治＝西洋の「知」の受容としての“Sentimentalism”」（『文学・語学』2011年11月）
　　　「「下島勲日記」――芥川龍之介を看取った文人医師の交友録」（『日本近代文学館年誌』2018年3月）など

宮崎真素美（みやざき ますみ）

1964年、愛知県に生まれる。

1992年、筑波大学大学院博士課程文芸・言語研究科単位取得満期退学。

愛知県立大学文学部専任講師、助教授を経て、現在、愛知県立大学日本文化学部教授。

著書　『鮎川信夫研究――精神の架橋』（単著）（日本図書センター、2002年7月）
　　　『戦争のなかの詩人たち――「荒地」のまなざし』（単著）（学術出版会、2012年9月）

論文　「一九四七年の思惟――「荒地」・「肉體」・「桜の森の満開の下」」（『昭和文学研究』2016年9月）
　　　「鮎川信夫・「一つの中心」考――論理化しないという論理――」（『日本近代文学』2016年11月）
　　　「傷と感受――地下の闇から生まれるもの――」（『愛知県立大学日本文化学部論集』2019年3月）など

青い馬　復刻版

別冊　解題・総目次・執筆者索引

『青い馬』復刻版　全7冊＋別冊1
2019年6月2日
揃定価（本体48,000円＋税）

著　者　　浅子逸男
　　　　　庄司達也
　　　　　宮崎真素美
発行者　　越水　治
発行所　　株式会社 三人社
　　　　　京都市左京区吉田二本松町4白亜荘
　　　　　電話075（762）0368
組　版　　山響堂 pro.

乱丁・落丁はお取替えいたします。

別冊コード　ISBN978-4-86691-135-9
セットコード　ISBN978-4-86691-127-4